노스탤지어 ; 그리움

아름다운 것들은 잠시 머물 뿐이다

신철 그림 에세이

초록비책공방

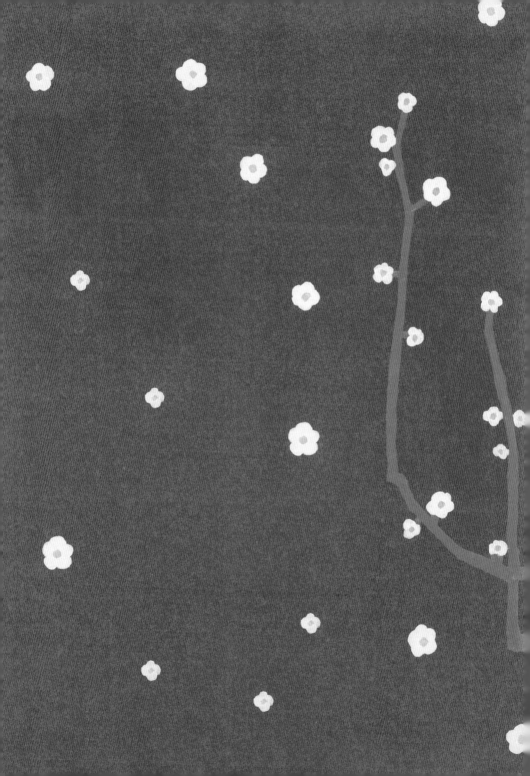

때론 슬프고
남루한 인생

그러나
살아가고
사랑하고
아름답게 추억하고
허허로운 삶의 언저리에서
오랜 친구를 만난 듯

조곤조곤
지금부터 풀어놓을
이야기가

당신의
빛나는 한때를
살포시 불러오기를

차 례

하루를 시작하며 · 14

나에게 보내는 서시(序詩) · 17

착각 · 18

해질 무렵 · 21

어제 같은 오늘 · 22

멋 · 25

유유자적(悠悠自適) · 26

화가로 산다는 것 · 28

부자의 행복 · 31

고독을 빌리다 · 32

여백 · 35

사랑하는 이에게 · 37

친구 · 38

숨 · 41

예술이란 · 43

내 안에 사는 소년 · 44

반성 · 46

서둘러 가는 세상에서 · 49

나 오늘
당신에게
별 하나를
빚졌다

기다리는 시간 • 53

바보 같은 나 • 54

옛 생각 • 57

토닥토닥 • 59

사랑과 이별 사이 • 60

관심 • 62

안부 • 64

마음이 말을 안 들어 • 66

상실 • 69

당신 바라기 • 71

돌아본다 • 72

모순 • 74

달콤한 침묵 • 76

그 소녀 • 79

흐린 날의 로맨스 • 80

동백꽃 필 무렵 • 82

연인 • 85

당신이 사는 집 • 86

쉿 • 88

노스탤지어 • 91

도돌이표 • 93

사람은
가고
사랑은
더 크게
자란다

회상 · 96

우체통 · 98

꿈 · 101

토라진 달 · 102

즐거운 상상 · 104

헤어지던 날 · 106

세월 · 108

나에게로 · 110

다시 사랑을 한다면 · 113

몸살 · 114

꽃길에서 · 116

응시 · 118

사랑은, 둘이서 한 곳을 바라보는 것 · 120

예감 좋은 날 · 123

떠난 사람을 위한 기도 · 125

하늘색 기다림 · 126

영원보다 오래 · 128

꿈 · 131

이별 후에 · 132

그렇게 세월은 가는 것 · 135

당신을 놀게 하는 강물이고 싶다 · 136

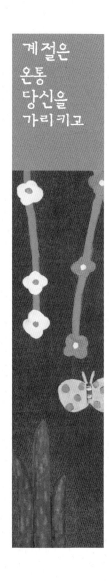

계절은
온통
당신을
가리키고

상처 • 140

어떤 하루 • 143

실없는 생각 • 144

가지 않은 길 • 147

바람이 전하는 말 • 148

그저 바라보기만 • 151

이별에 부쳐 • 152

만약 • 154

아무도 모르게 • 156

말해줘 • 159

꽃편지 • 161

인생은 아름다워 • 162

여행 • 164

하늘하늘 • 167

비(雨), 그리고 비(悲) • 168

건망증 • 171

막연한 기다림 • 172

달이 진다 • 175

안개와 당신 • 176

반추 • 179

순리 • 180

채워졌다

싶으면

빈그릇

하루를 시작하며

누구나 그릴 수 있는 그림을
마치 나만의 것인 양
자만하지 않는 마음으로 하루를 연다

나에게 보내는 서시(序詩)

어떤 사람에게
삶은 슬픔일 수 있고

또 다른 누군가에겐
시리고 아픈 시간일 수도 있으려니

다만 내 그림이
그런 이들에게
순간의 위안이라도 될 수 있다면

나는 죽는 날까지
붓을 놓지 않으리

착각

자기가 제일 잘났다고
생각하는 사람이 저지르는
첫 번째 잘못은 착각의 잘못이다

자기만 잘났다고 생각함으로써
다른 사람들을 못난 사람으로 만드는
두 번째 잘못은 윤리적 잘못이다

착각의 잘못은 용서받을 수 있어도
윤리적 잘못은 용서받을 수 없다

하찮은 인생이란 하나도 없다
세상 모든 사람들은 저마다 현명하고
아름답다

해질 무렵

가을이
앞산 그림자를
일찌감치
내 뜰 안까지
데려왔다

혹시
나는
씨 한 톨 심지 않고
새싹이 나기를
열매가 열리길
바라고 있지는 않았을까

자연은 서두르지 않고
늘 그렇듯 소임을 다하고 있건만
행여 내가 걷는 걸음보다
마음이 앞서가는 건 아닌지

돌아보고 또 돌아보는
해질 무렵

어제 같은 오늘

산방에서는
그림으로 새벽을 열고
그리움으로 하루를 접는다

머나먼 고향 바다
푸른 꿈을 실고 떠다니는 조각배

추억은 아련하고
창을 열면
또 당신이 그립다

멋

나는 그림을 못 그린다
화가라는 작자가 그림을 못 그린다니
내가 생각하기에도 이상한 말이다

겸손을 가장한 헛말은 결코 아니다
세월이 흐를수록 내가 그림을 못 그린다는 것을 더욱 절감한다
사정이 이러하니 세련된 그림은 더더욱 못 그린다
화가가 그림을 잘 그리지 못한다면 어찌해야 하는가

우선은 참된 나 자신을 찾는 수밖에

슬프지만 어쩔 수 없다

유유자적(悠悠自適)

울긋불긋한 꽃들이 가득한 봄날
봄이 오면 꽃들만 분주해지는 것이 아니다
사람들도 분주해진다
꽃들이 만발한 곳엔 사람들이 붐빈다

적막한 산중에 한바탕 사람들이 몰려들면
왠지 내가 이방인처럼 느껴질 때가 있다
그러다 문득 몇 걸음 나서면
어느새 그 부산스러움에 익숙해진 나를 만난다

사람과 꽃들의 아름다운 소요
그 사이를 한가로이 거니는
산책자의 즐거움

하루 종일 꽃밭을 거닐다 보면
사람도 꽃이 된다

화가로 산다는 것

화가로 산다는 것은 무엇인가
첫 그림을 그린 이후
반세기가 지난 지금까지도 계속되는 질문이다
오랜 질문에도 답이 없다

그러나 답이 없다 하여 침묵할 수만은 없다
미련하고 어눌하지만
언제나 스스로 답해야 한다

그리하여 나는 이렇게 답한다
화가로 산다는 것은
나만의 기쁨과 나만의 고독
그 양극을 쉼 없이 오가는 것이라고

부자의 행복

바라는 게 별게 아니다
음악을 듣고 시를 노래하며 그림을 그릴 수 있다면
그것으로 충분하다
음악을 듣는다 하여 주머니가 두둑해지는 것은 아니다
시를 노래한다 하여 배가 부르진 않다
그림을 그린다 하여 권세가 높아지는 것도 아니다

그래서 별게 아닌 것일까
겉으로만 넉넉한 인생보다
가슴과 머리가 텅 빈 인생이 나는 슬프다

지금 이 시간도
나는 부자인 나의 삶을 즐긴다
다만 가장 티 나지 않는 부자

고독을 빌리다

나 스스로를 일상적인 고독에 가두려는 것은
예술가로서의 순수한 감응을 얻기 위함이다
누군들 홀로이고 싶을까
그럼에도 그 고독을 굳이 쫓는다
만일 고독을 돈으로 사야 하는 이상한 세상이 된다 해도
나는 기꺼이 가불이라도 하여 그것을 살 것이다

고독은
때로 가슴 저린 아픔이기도 하지만
가장 값진 것에 집중할 수 있는 에너지를 충전시켜준다

여백

비어 있으나 채워진 것
채워진 듯하나 비어 있는 것
나에겐 그림이 곧 여백이다

평생 내가 도달해야 될 삶의 끝에 놓인
따뜻하고 아름다운 그 무엇

쓸쓸한 세상, 나의 그림이
다른 이들에게도 그렇게 다가가길
기도한다

사랑하는 이에게

누구나 작가인 척할 수는 있지만
아무나 작가가 될 수 없다는 것을
눈물겹도록 깨닫습니다

제 그림은 아직도 서툽니다

그럼에도 저를 응원해주신 당신이 고맙습니다
아름다운 그 마음 잊지 않겠습니다

그림으로 영원토록 당신을 사랑하겠습니다

그 어떤 삶의 축복보다
설레는 기쁨으로

친구

많은 말을 하지 않아도 위로가 되는 친구
모두가 다른 이야기를 하고 있어도
오롯이 내 영혼의 소리에 귀를 내주는 친구
답답할 때나 우울할 때
영감으로 나를 다시 일으켜 세우는 친구
내겐 그림이 그런 존재다

오늘도 나는
그림으로 세상에 말을 걸고
그림으로 사연을 전한다

숨

삶이란 동전의 양면
동전의 한 면만을 보면
사는 일이 밋밋하고 심심하고
지루한 시간의 연속일 뿐이다

더러는 그런 삶도 눈물 나게 고맙고
가슴 벅차도록 아름답다
살아 있다는 것만으로도 그렇다
그것을 꼭 논리정연한 말로 설명해야 할까
배웠건 못 배웠건 우리 모두 부정할 수 없는 진실

산다는 건
결국
소중한 것들을 끊임없이 소비하면서 버텨가는
들숨과 날숨의 슬픈 현재진행형

예술이란

채워졌다 싶으면 빈 그릇이다
그림이란 게 그렸다 싶으면, 저만치 달아나 있다

마지막 터치 하나로 그림 하나를 완성하면
벅찬 성취감에 잠시 잠깐 내 그림이 몹시 좋아 보인다
그러나 그건 신기루 같은 착각
예술이란 이름의 작업은 언제나 그렇듯
영원한 착각과 자책의 쳇바퀴

그러나 나는 그 쳇바퀴를 사랑한다
힘들어도
평생 연애할 그가 있어서 좋다

내 안에 사는 소년

충분히 깊이 들어왔다고 생각해도
여전히 나의 예술은 얕다
한평생 그림이라는 우물을 팠지만
나는 아직 예술가가 되지 못했다

꿈을 이루지 못했으므로 나는
여전히 늙은 소년에 불과하다
한 땀 한 땀 화폭을 채우며
꿈꾸듯 길을 가는
행복한 소년

반성

많은 것을 외면하고 살았다

한평생 내가 만든 감옥에 갇혀
무던히도 소홀했던
친구, 연인, 가족…
두루두루 미안하다

어찌 보면, 예술이란 가장 이기적인 것일지도 모른다
심지어 내 자신에게도 미안할 때가 있으니 말이다

나에게 그림은
함께한 모든 사람들에게 은혜를 갚기 위한
하나의 방편이다
동시에 언제나 불완전한 나를 바라보는
세상에서 가장 냉엄한 관찰자이기도 하다

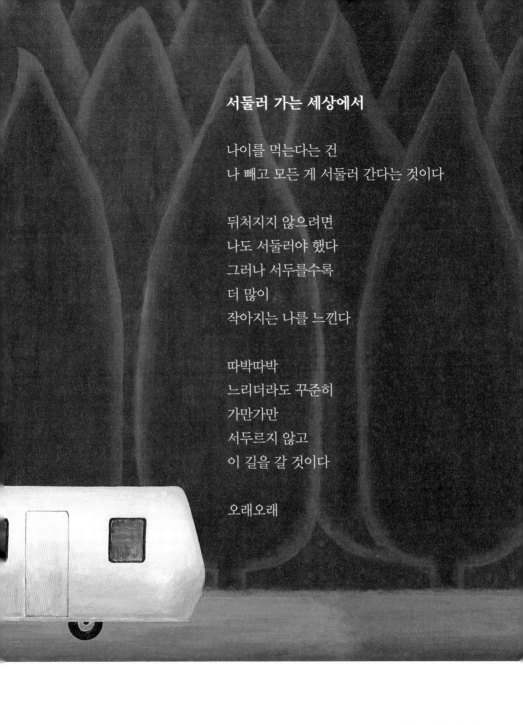

서둘러 가는 세상에서

나이를 먹는다는 건
나 빼고 모든 게 서둘러 간다는 것이다

뒤처지지 않으려면
나도 서둘러야 했다
그러나 서두를수록
더 많이
작아지는 나를 느낀다

따박따박
느리더라도 꾸준히
가만가만
서두르지 않고
이 길을 갈 것이다

오래오래

나 오늘

당신에게

별 하나를

빚졌다

기다리는 시간

혼자 있어도
힘들거나
외롭다는 생각은 들지 않는다

만남을 약속한 그 순간부터
우린 함께 있는 거니까

설렘으로 충만한
오롯이 우리 둘만의 시간

바보 같은 나

별을 그리다 깜박 잠이 들었다

눈을 뜨니
그대가 내 곁에 있었다

밤새 날 지켜준 사랑
나 오늘
당신에게 별 하나를 빚졌다

옛 생각

추적추적
봄이
비를 맞고 있다

마음아
촉촉
젖지 마라

아스라이 파고드는 옛 생각

멀리 날려 보내려
고개 저으면
뚝뚝
내 가슴 울리는 한 사람

토닥토닥

초여름
바람이
흔들리는 나뭇잎을 어루만진다

괜찮아
괜찮아

꽃도 피고 지고
달도 지고 또 뜨고

사랑도 가면
또
오고

그저 그런 거란다

사랑과 이별 사이

아카시아 핀 언덕
나 떠나고
당신
거기
숨어 우는 거
알고 있었다

한 걸음만 더
되돌릴 수 있다면
당신과 나
지금 이 자리에 마주보고 있을까

그땐 몰랐다
그것이 마지막이 될 줄은

관심

헤어져 있을 때보다
함께 있을 때
궁금한 게 더 많은 사람

자꾸 곁눈질하지만
물음표만 수만 개

대체 어떤 사람일까
당신은

안부

적막한 산중
비 그친 밤하늘에
별이 된 당신이
내게 인사를 보낸다

걱정 마
나는 잘 지내고 있어

별빛보다 총총한
당신의 눈동자

하얀 달무리에 실려 보낸
당신의 마음

잠시만
안녕…

허공을 맴도는
내 뜨거운 메아리

마음이 말을 안 들어

혹독한 겨울이
찬란한 봄을 부르는 거야

춥다고 너무 웅크리지 마
그만큼 강해지는 거야

꽃도 알고
바람도 아는 걸

다 큰 어른인 내가 모른다

상실

사람은 많다
그러나
그 사람은 없다

사랑할 시간은 많다
그러나
그 사람이 내겐 없다

있어도 없고
없어도 있는
텅 빈 이 시간을 살게 해주는

기쁨이자 슬픔
내 단 하나의
사랑

당신 바라기

내가
빈껍데기가 되어도
좋다

당신을 위해서라면

참,
사랑이 죄다

당신 말고는 누구에게도
짓고 싶지 않은 죄

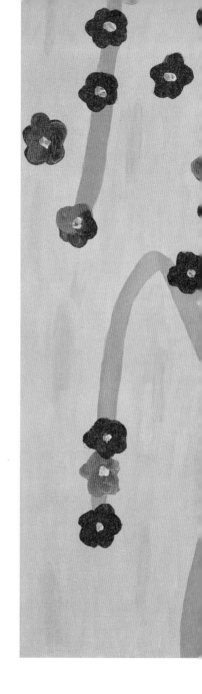

돌아본다

우리가
각자 다른 곳을 보고 있다 생각했다

그것이 날 항상 슬프게 했다

지나고 나서야
그 마음이
사랑인 줄 알았다

모순

매순간 꿈꾸면서
언제나 서툰
그것은
사랑

달콤한 침묵

사랑을
울림이 없어도 아름답다고 하는 건
한낱 시인들의 말장난이다

연인의 웃음소리만큼 달콤한 울림이
또 어디 있을까

마음에 없는 말 한 마디
끝내 하지 못한 또 한 마디

때때로 내 부족한 언어가
당신에겐 상처가 되었으리라

가만히 있어도
당신을 웃게 하는 사람이고 싶다

그 소녀

봄이 오고
꽃 피고
달 뜨면
생각나는 소녀

봄날처럼 감미롭고
달빛처럼 희고
꽃잎처럼 향기로운
그런 소녀

세월이 흘러도
그 모습
그대로의
한 소녀가
내 안에 살고 있다

흐린 날의 로망스

불현듯
짠하고 꽃이 필지도 모르지
삶이란 게
그렇게 심술궂지만은 않을 테니까

예기치 않은 선물처럼
혹은
엊저녁에 미처 발견 못한 편지처럼
당신이 내게 왔으면 좋겠다

날이 흐리면
유독
먼 곳을 바라보는
버릇이 생겼다

동백꽃 필 무렵

텅 빈 앞마당
꽃은 핏빛으로 붉은데
빗방울 흐드러지고

오래도록 새가 울었다

예고도 없이 닥친 이별

기다려
그 한 마디를 못했다

연인

사랑은
가끔

그의 손을
놓아주는 것

당신이 사는 집

그립고
따뜻하고
환한
빛으로 감싸인 그곳

먼발치서 바라만 봐도
행복한
나를
꽃들이 보고
웃는다

쉿

들리니?

서걱서걱
서걱서걱

나뭇잎이
사랑을 속삭이는 소리

노스탤지어

문 꼭꼭 닫아걸고
가슴 깊숙이 감춰두었던
그리움이
스멀스멀 자리를 비집고 올라온다

이른 봄기운에
찬연한 연둣빛이 천지를 가득 메운 이 시간
마음은 벌써 저만큼 내달리고 있다

산 아래
꽃으로 피어난 내 사랑

무엇으로 당신을 맞을까

그리움에 날개가 있다면
내 사랑 고이 실어올 텐데

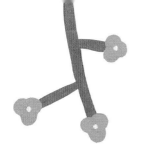

도돌이표

오랜 그리움을
강가에 두고 왔다

따라오기만 해봐라

되돌아 그 자리에 서 있는 건
언제나 나

사람은

가고

사랑은

더 크게

자란다

회상

처음 그날도 이렇게 눈이 부셨다
세상은 우리 둘만의 우주
소용돌이치는 심장은 고요를 잊었고
내 눈엔 그대만이 전부였다

영문도 모른 채 흘러간 세월
그대와 나
해와 달처럼
이렇게 멀리 있는데
사람들은 여전히 사랑을 하고
세상은 눈부시다

저기 저 오래된 나무는
그 옛날 소년 소녀를 기억이나 할까

우체통

누굴 기다리나

꽃 다 지는데
오지 않는 편지

소녀보다 우체통이
더
마음이 탄다

꿈

설령
당신이
날 잊은 척
하얀 구름처럼
홀연 사라진다 해도
어느 맑은 날
소리 없이 내게로 올 거라 믿었다

토라진 달

붓을 들어
당신 그리다
문득
달을 보았다

달도 내가 미운 모양으로
얼굴을 반만 보인다

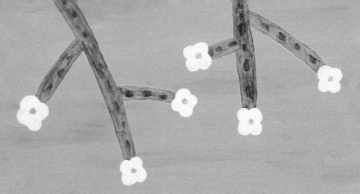

즐거운 상상

어느 날 갑자기
당신이 내게 온다면

아무 일 없었다는 듯
활짝 웃는다면

꿈이라고 믿었던 이별은
진짜 꿈이 될 텐데

헤어지던 날

당신도 안 울고
나도 울지 않는데

저 혼자
꺼이꺼이
서럽게 우는 달

세월

때론
추억도 가물가물하다

웃는 날도 많았는데
어째서 내 그림은
항상 슬픈 걸까

웃으면서 헤어질 수 있었다면
내 그림 속 당신은
여전히 웃고 있을까

나에게로

바람아
살살 불어라

파도야
나에게로 와라

달은 살찌고
새는 노래하라

내 사랑이
가을을 타고 온다

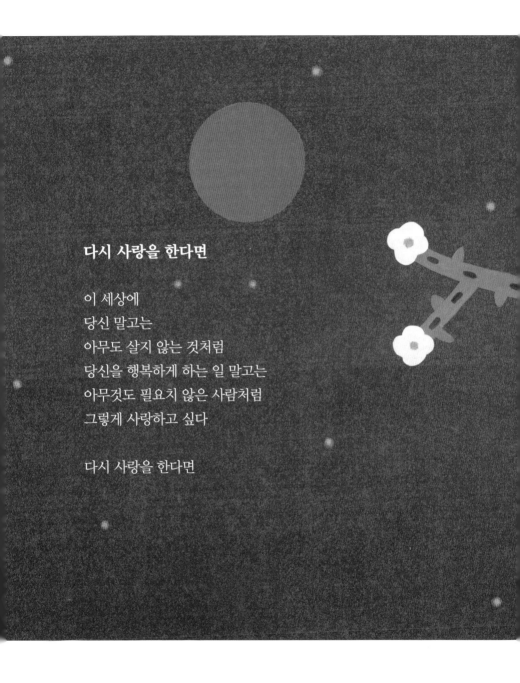

다시 사랑을 한다면

이 세상에
당신 말고는
아무도 살지 않는 것처럼
당신을 행복하게 하는 일 말고는
아무것도 필요치 않은 사람처럼
그렇게 사랑하고 싶다

다시 사랑을 한다면

몸살

당신 그리워
헛꿈을 꾸었다

온몸에 들끓던 신열이
순하게 잦아들고

나를 보는 그윽한 눈망울

남루한 내 삶의
보약 같은 사람

꽃길에서

한때 내가 있고
당신이 있던
그 자리

종알종알
꽃들이 안부를 묻는다

대답을 하고 싶지만
가슴은
말하는 법을 잊어버렸다

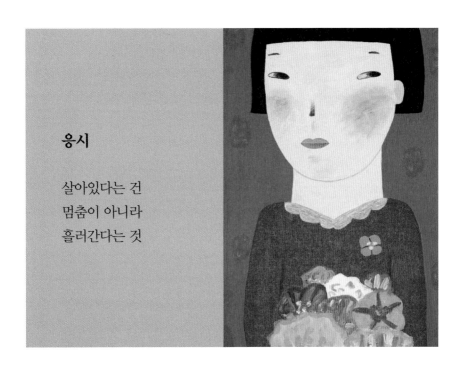

응시

살아있다는 건
멈춤이 아니라
흘러간다는 것

가끔은
그 흐름 곁에서
당신을 지켜보고 싶다

사랑은,
둘이서 한 곳을 바라보는 것

그는 내 곁에 있지만
내가 그를 볼 수 없을 뿐

예감 좋은 날

늘 어딘가에 숨어 있다가
등 뒤로 수줍게 다가오던 사람

돌아보니
간지러운 숨결은
지나가는 바람이었다

아직은
틀렸다고 말하지 마라
바람이 조금
일찍 지나갔을 뿐이다

떠난 사람을 위한 기도

기다려 주지 않는다 해도
괜찮다

그저
무탈하게
조금은 시건방지게

그렇게 살았으면 좋겠다

하늘색 기다림

온종일
세상이 고요하다

웃자란 그리움

사각사각
정다운 발자국 소리

한 나무가
푸른 숲이 되면
그 사람이 오려나

영원보다 오래

그대가
내 안에서
그림이 될 때까지

내 사랑엔
공소시효가
없다

꿈

오월의 햇살만큼이나
아름다운 당신을
어젯밤에 보았다

행여 내가 잊고 있어도
늘 나를 지켜보는 당신을
꿈속에서 보았다

이별 후에

사람은 가고
사랑은 더 크게 자란다

간절한 바람으로도
채워지지 않는 그리움

부질없다
그래도
행복하자

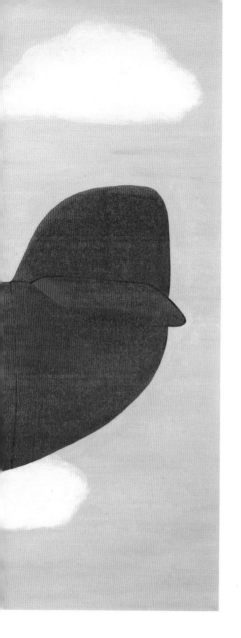

그렇게 세월은 가는 것

잊으려
잊으려
구름 몇 개 그렸더니
가을도 지나가고 있더라

당신을 놀게 하는 강물이고 싶다

내가
당신을 떠나 살 수 없다면
물고기가 되기보다
강물이고 싶다

사시사철
당신을 자유롭게 놀게 하는
강물이고 싶다

어느 한철
홀로 눈물 흘릴지라도

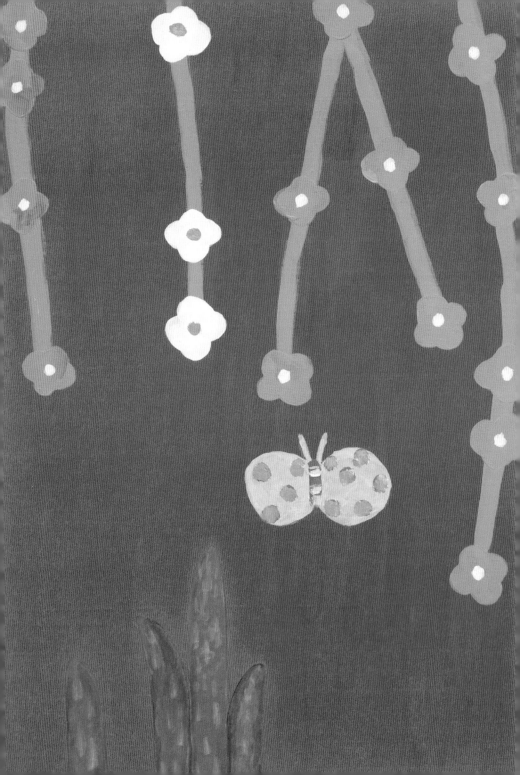

계절이

온통

당신을

가리키고

상처

누군가
날 위해 무심코 건넨 충고가
상처가 될 때
비로소 알았다

사랑하니까,
다칠까 봐
때때로 내가 했던 말들이
당신에게도 그러했으리란 걸

어떤 하루

그리움은
가을을 닮았다

춥지도
덥지도 않은

미워도
미워할 수 없는 당신

그래서
더 고약하게
마음이 오락가락하는 날

실없는 생각

일이 힘에 부칠 때
한숨 한번 쉬고
하늘을 보면
거기
당신이 보인다

참 좋다

이런 때도
혼자가 아닌 나

가지 않은 길

우리가
나비처럼
훨훨
가벼웠던 한때

왜
바라보기만 했을까
그곳을
우리는

바람이 전하는 말

가끔 내 안부도 묻더라고 한다

내 안에 있는 사람이
참
멀리도 갔구나

그저 바라보기만

사랑은 늘
안부를 묻고 싶지

단지 그것뿐이야

이별에 부쳐

나의 상처가
당신의 아픔이 되지 말라고

마음이야 울든 말든
활짝 펴서
흔들어준
손가락 다섯 개

마치
다시 만날 기약이라도 있는 것처럼

만약

언젠가
하늘이 허락하여
우연히 당신을 마주친다면

모른 척
지나치리라

오래 전 어느 날
당신이 그랬던 것처럼

그마저도 헛된 꿈이라면
무정한 세월
탓할 마음도 없다

아무도 모르게

그 남자는
가끔
혼자 음악을 듣다가 울기도 한다

꾸역꾸역

그렇게
아무도 모르게 쌓아둔 슬픔이
한바탕 터지고 나면
심장이 조금은 가벼워지는 느낌이라나

말해줘

가끔은 궁금할 때가 있다

내 그리움은
어디서 왔을까

그리움의 끝에
무엇이 있을까

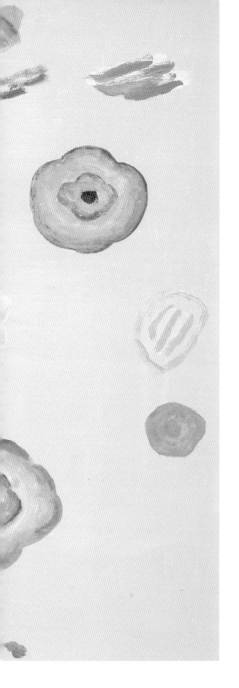

꽃편지

분분한 꽃잎
바람의 시샘인 줄 알았는데

당신이 보낸
마음이었나

인생은 아름다워

당신과
나
죽는 날까지 행복하게 살다
푸르고 푸른
하늘이 되었으면 좋겠다

여행

뜨거운 태양
싱그러운 바다
이것으로 충분하다

가는 곳이 어디든
당신과 함께라면

하늘하늘

눈에 한가득 담고픈
꽃이란 꽃은
모두
당신 머리 위로
날려 보낸다

어쩔 것인가

계절이 온통
당신을 가리키고 있다

비(雨), 그리고 비(悲)

겨울비 내리는 오후
보내지도 못할 편지를 쓴다

춥진 않은지
우산은 잘 챙겼는지
눈비에 젖지는 않았는지

생각만
생각만

그러다
내가 몸살이 났다

건망증

누군가
지하철 유실물 센터로
황급히 달려가고 있다

뭔가 아주 중요한 물건을
잃은 모양이다

언젠가는
당신과 나
함께했던 소중한 추억도
그렇게 잃을까

문득
두려운 생각이 들었다

막연한 기다림

꽃이 필 듯 말 듯
다시 차가워지는 바람

온다는 약속도 없는데
괜스레 부산한 마음

나도 누군가에게
그런 사람이고 싶다

계절은 온통 □□□ □□□□ □□□

달이 진다

그만 돌아가라고
구름이 길을 내준다

달은
시간의 방랑자
밤마다 어딜 그리 급히 가는가

안개와 당신

초록빛 숲속
비밀스런 정원에 당신이 있다

안개는 자꾸 당신을 가리고
그럴수록 정은 깊어져
날이 저물도록 그곳을 바라본다

당신을 숨기려다
시시각각 싱그러운 향기를
내뿜는 안개

안개는 당신,
당신은 안개

나는
당신의 파수꾼

반추

나 혼자뿐인 줄 알았는데

눈 덮인 겨울나무
봄날 아지랑이
여름 한낮 개울물 소리
투명한 가을 하늘

늘 그렇듯이
삼라만상이 제 길을 가고 있다

당신을 그리는 마음이
한결 화사해졌다

순리

떠나보내지 않아도
가을은
간다

기다리지 않아도
당신이
올까

Epilogue

아름다운 것들은 잠시 머물 뿐이다
문득 왔다가도 서둘러 떠나버린다
언제나 그렇다
그러나 나는 원망하지 않는다
스쳐 간 모든 순간들이 소중한 추억으로 남았기에

사랑은 떠나도 아주 떠난 게 아니었다
비어 있으나
늘 아련하고 그리운
시간, 풍경, 그리고 사람들

아직도 눈을 감으면
까마득한 유년의 바닷가 마을에 내가 있다
은빛 비늘들을 품고 푸르게 빛나던 바다
그 빛깔, 광채, 향기, 질감들이 새록새록 되살아난다
이 모든 것들은 아무리 오랜 세월이 흘러도
지워지지 않을 것이다

한평생 그림을 그렸지만
아직도 나의 그림이 부끄럽기만 하다
그런 그림에 글까지 얹었으니 민망하기도 하다

여기 있는 글들은 그림을 하면서
그때 그때 떠오른 단상이나 이미지들을 메모한
내 젊은 날의 노스탤지어다

두서가 없고 서툴지만
독자들과 함께하고 싶은 마음에
감히 용기를 내어본다

신 철

노스탤지어;그리움

초판 1쇄 발행 2018년 6월 20일

지은이 신철

기획 · 편집 도은주
SNS 마케팅 류정화

펴낸이 윤주용
펴낸곳 초록비책공방

출판등록 2013년 4월 25일 제2013-000130
주소 서울시 마포구 월드컵북로 400 문화콘텐츠센터 5층 19호
전화 0505-566-5522 팩스 02-6008-1777
메일 jooyongy@daum.net
포스트 http://greenrain.kr

ISBN 979-11-86358-44-3 (03810)

* 정가는 책 뒤표지에 있습니다.

이 도서의 국립중앙도서관 출판시도서목록(CIP)은
서지정보유통지원시스템 홈페이지(http://seoji.nl.go.kr)와
국가자료공동목록시스템(http://www.nl.go.kr/kolisnet)에서 이용하실 수 있습니다.
(CIP제어번호: CIP2018016542)